AF325143

CATALOGUE

D'UNE

BELLE COLLECTION

DE

MAJOLIQUES ITALIENNES

DES DIVERSES FABRIQUES

DES XVe, XVIe & XVIIe SIÈCLES,

DONT LA VENTE AURA LIEU

RUE DES JEUNEURS, N. 42,

Salle n. 2,

LES MARDI 13, MERCREDI 14, ET JEUDI 15 DÉCEMBRE 1853,

heure de midi.

Par le ministère de Me **RIDEL**, Commissaire-Priseur,
rue Saint-Honoré, 335,

Assisté de M. **ROUSSEL**, Expert, rue du Dragon, 33,

Chez lesquels se distribue le présent Catalogue.

———

EXPOSITION PUBLIQUE

Le Dimanche 11 et Lundi 12 Décembre 1853, de midi à quatre heures.

PARIS

MAULDE & RENOU

IMPRIMEURS DE LA COMPAGNIE DES COMMISSAIRES-PRISEURS
Rue de Rivoli, 144.

1853

ORDRE DE LA VENTE.

On vendra dans l'ordre numérique du catalogue, vacation par vacation.

CONDITIONS DE LA VENTE.

Elle sera faite au comptant.

Les acquéreurs paieront, en sus des adjudications, CINQ centimes par franc, applicables aux frais.

AVERTISSEMENT.

———◆———

Dans la collection de Majoliques dont nous annonçons la vente, on remarquera, outre un grand nombre de pièces vraiment artistiques, beaucoup d'autres qui présentent un intérêt archéologique; dans ce nombre nous citerons une pièce qui porte la date de 1475, et une autre très capitale avec celle de 1487, ainsi qu'un bon nombre d'autres pièces ayant des dates moins anciennes, il est vrai, mais portant des signatures de fabriques et d'artistes inconnus jusqu'à ce jour, document d'autant plus précieux que les notions sur ce genre d'objets sont fort peu étendues.

Produits d'un art étranger, les Majoliques italiennes n'ont pas encore trouvé, comme les terres de Palissy et les émaux de Limoges, quelqu'un qui les ait illustrées, au moins dans notre langue, car un auteur italien (Passeri) en a parlé assez longuement et, nous pouvons le dire, savamment, dans un petit ouvrage que l'occasion de cette vente nous a donné l'idée de traduire et de publier.

Nous ne terminerons pas cet avertissement sans citer quelques pièces importantes de cette vente qui se rencontrent rarement dans les autres collections; tels sont un vase forme aiguière avec son bassin et une paire de flambeaux décorés de peintures, nous ne pouvons non plus nous dispenser de citer deux grandes et belles pièces en sculpture émaillée : l'une de la fabrique de Faenza, représentant la Sépulture du Christ; l'autre représentant la Cène, de la fabrique de la Robbia, pièce qu'on rencontrerait difficilement ailleurs. Du reste, nous nous sommes renfermés dans la simple description des objets, ne nous laissant que très rarement aller jusqu'à l'éloge, voulant laisser à Messieurs les amateurs le soin d'apprécier eux-mêmes le mérite de cette collection.

DÉSIGNATION

DES OBJETS.

Du mardi 15 décembre.

1 — Petit plat dont la peinture représente Judith et Holopherne.

2 — Petit plat, style moresque, à large bord et très-creux ; le milieu entièrement couvert de feuillages très-fins couleur d'or changeante (dite Amatoria), offre une aile faisant armoirie.

3 — Plat à piédouche, sujet mythologique.

4 — Petit plat à piédouche représentant Daphné changée en laurier.

5 — Petit plat dont la peinture représente des ambassadeurs devant le roi Ariovistus. Au revers on lit : *Francia di duol di fiero Ariovisto.*

6 — Plat à piédouche représentant la rencontre de Jacob et de Rachel au puits, plat d'une très-belle irisation. Au revers on lit : *Jaicob quando sinnamoro di Rachella*. — 1539.

7 — Petit plat orné de rinceaux dont le centre est occupé par la figure de saint Jérôme, sur fond bleu.

8 — Plat à piédouche représentant Joseph vendu par ses frères. Au revers on lit : *Gioseffo ei fratelli*. Très-bel émail.

9 — Petit plat représentant Abraham adorant les trois anges. Au revers : Genèse, XVIII.

10 — Plat à piédouche représentant Jésus chassant les marchands du temple.

11 — Plat représentant le triomphe de Bacchus. Au revers : *Bacco trionfante*.

12 — Petit plat représentant l'Amour et Vénus pleurant Adonis. Au revers : *Venera che piange Adone morto*.

13 — Petit plat représentant Circé changeant en bêtes les compagnons d'Ulysse. Au revers on lit : *Circe*.

14 — Petit plat représentant le philosophe Aristote marchant sur ses genoux et ses mains et portant sur son dos la courtisane Frénoë devant deux assistants qui paraissent étonnés. On lit au revers : *Amor crudele con sue voglie prave Aristotil portar Frenoc sella, 1547*. Exécution ordinaire mais sujet curieux.

15 — Plat à piédouche représentant Crésus dans

la bouche duquel on coule de l'or. Au revers on lit : *Casso quando fù coloto loro in langola.*

16 — Plat peint en grisaille représentant Diane et Adonis.

17 — Petit plat orné d'un buste de femme placé au centre d'arabesques très-fines, bleues sur fond blanc.

18 — Bouteille carrée ornée de feuillages sur fond bleu clair.

19 — Petite coupe d'accouchée à pied élevé, au fond est peint un enfant nouveau-né enveloppé de ses fasces, l'extérieur est décoré d'arabesques peintes en bleu sur fond d'or irisé; fabrique de Gubbio.

20 — Une petite écuelle avec son couvercle et plateau, décorée de petits Amours. Petite pièce très-fine de la fabrique de Castelli, royaume de Naples.

21 — Bouteille de forme curieuse à pans, décorée de feuillages jaunes et bleus sur fond blanc. Fabrique du XVIIe siècle.

22 — Plat moyen festonné et à piédouche ayant au centre un Amour, le reste est décoré d'arabesques en grotesques colorés sur fond blanc.

23 — Vase en forme de botte avec une anse chimérique; l'ouverture à la forme de gueule d'animal.

24 — Coupe d'accouchée munie de son couvercle, formant en même temps plat, l'un et l'autre sont ornés d'un sujet en rapport avec

la circonstance, les autres parties sont décorées d'arabesques en grotesques sur fond blanc. *Fabrique d'Urbino.*

25 — Plat festonné à fruits avec piédouche, au centre un guerrier, le reste orné d'arabesques sur fond de diverses couleurs.

26 — Plat à piédouche représentant Vénus et Vulcain qui fabrique des flèches à l'Amour.

27 — Plat festonné à piédouche représentant Moïse sauvé des eaux. Au revers on lit : *Quando la filiola del re faraone e le donzelle trovarno a Mosè.*

28 — Plat à piédouche ayant au milieu un Amour et décoré d'arabesques colorés sur fond blanc. Fabrique d'Urbino.

29 — Plat sur lequel est peint un buste de femme ayant au cou une blessure. Sur le fond bleu, on lit : *LUCRECIA B.* Fabrique de Faenza.

30 — Un grand vase de pharmacie forme potiche décoré de deux bustes et de rinceaux couvrant presqu'entièrement le fond. Sur un cartel on lit : *Cons de Sardio.*

31 — Autre vase pendant du précédent.

32 — Plat de forme ovale représentant la mort d'Abel.

33 — Plat au milieu duquel est peint, sur fond bleu, un buste de guerrier. Au revers on lit : *Veglio omo romano.* Fabrique de Faenza.

34 — Petite coupe à piédouche dont le bord se

replie en plusieurs endroits en forme de volutes, dans le fond est peinte la figure d'Hercule. Fabrique de Faenza.

35 — Plat représentant une femme dans le moment d'un double accouchement, elle est assistée d'autres femmes.

36 — Vase forme de pot au lait avec son couvercle, sur la panse duquel est peint le sujet de l'Annonciation. Fabrique du xviie siècle de la fabrique de Castelli, royaume de Naples.

37 — Vase de même forme que la précédente, décoré d'un paysage. Même fabrique.

38 — Plat creux et festonné, la peinture représente Vénus sur une conque marine avec deux Amours. Ce plat est encastré dans une bordure sculptée.

39 — Grande plaque de forme carré long représentant le Christ en croix avec la Vierge, saint Jean et sainte Madeleine agenouillée. Peinture du xvie siècle. Sur un petit écriteau, au bas dans un coin, on lit la date de 1559.

40 — Plat représentant Esculape tâtant le pouls à une femme couchée par terre entre les bras de plusieurs assistants. Au revers on lit : *Eusculapio.*

41 — Plat creux à piédouche représentant la Madone, saint Joseph et saint Jean.

42 — Plat à piédouche décoré d'arabesques en grotesques, et au centre d'une figure de

guerrier. Plat d'un bel émail et à fond de diverses couleurs.

43 — Plaque ovale provenant du fond d'un grand plat représentant le Massacre des innocents. Grande et belle composition d'après Raphaël, peinte par maistre Giorgio, bien que sa marque n'y soit pas.

44 — Grand plat creux représentant l'enlèvement d'Hélène, peinture presqu'en camaïeu d'un très-beau style et d'après Raphaël.

45 — Jolie coupe à piédouche, munie de deux petites anses à mascarons se terminant en volutes, le fond est orné d'une peinture représentant une femme tenant un enfant dans ses bras, l'extérieur est décoré d'arabesques sur fond blanc. Fabrique d'Urbino.

46 — Grand plat de la fabrique de Castelli, royaume de Naples, représentent un combat de cavaliers, dans le haut est un blason.

47 — Plat à piédouche représentant la Nativité du Christ devant les pasteurs.

48 — Plat à piédouche représentant Proserpine et ses compagnes. Au revers on lit : *Proserpina con le — soi compagnie.*

49 — Plat représentant Abraham agenouillé devant les trois anges, et est orné d'un double blason aux armes de *Pucci* et de *Medicis.* Au revers on lit : *Abraham tres vidit.*

50 — Plat à piédouche représentant l'Adoration
des pasteurs dans l'étable de Bethléem.
Au revers on lit : *Lumin natal di Redetor
di mondo 1545.* D'un grand effet et d'un
bel émail.

51 — Plat représentant saint Sébastien lié à un
arbre et percé de flèches. Peinture d'un
grand style de dessin.

52 — Plat représentant le Sacrifice d'Abraham.
Au revers on lit : *Tenta Dio Abraham
che i figlioghi sacrifichi.*

53 — Plat style moresque à ombilic, ayant au
centre un blason fleurdelisé. Le reste du
plat est couvert, sur ses deux faces, d'ar-
moiries et d'arabesques en couleur d'or
changeante.

54 — Plat à piédouche, représentant la Nativité
de Notre-Seigneur. Au revers on lit :
*Christo nostro signore nacque di notte in
fralasono et boe, 1542.*

55 — Plat dont la peinture représente les frères
de Joseph arrêtés par son ordre, au moment où ils quittaient l'Égypte, empor-
tant la coupe retrouvée dans le sac de
blé de Benjamin.

56 — Plat représentant Adam et Eve après le
péché, en présence du Père Eternel. Eve
et Adam sont vêtus d'habillements en
étoffe du xv⁰ siècle. Au revers, 1542.

57 — Coupe d'accouchée avec son couvercle, formant aussi plateau sur lequel on présente
des œufs. Ce vase s'appelait *Copa puepera.*

Au fond de la coupe et sur le plateau on peignait des ..jets relatifs à leur destination. Celui-ci est décoré en outre d'arabesques en grotesques coloriés sur fond blanc. Fabrique d'Urbino.

58 — Plat représentant Camille à cheval. La peinture est mélangée d'irisations couleur or et feu. Au revers on lit : *De Pisauro ed. Chamillo.*

59 — Petit plat à bord très large et ayant au milieu un creux très profond. Ces sortes de plats s'offraient par les amoureux, remplis de bonbons, à leurs maîtresses, et s'appelaient pour cela *Coppa amatoria*; on les nommait aussi *ballati*, de ce qu'on les donnait dans les fêtes de bal.

Celui-ci est décoré d'ornements très fins, blancs sur blanc, et mélangés rarement d'autres ornements bleus et jaunes. Dans le fond une rosace de diverses couleurs.

60 — Plat pendant du précédent, différent par la décoration de fond du plat qui est en blanc sur blanc. Ce genre de décoration blanc .ur blanc s'appelait *sopra bianco*.

61 .nd plat représentant le Jugement de Virginie. Au bas on lit : *Verginca Romana.* Au revers, *1536.*

62 — Vase forme hanape à une anse et piédouche, décoré de petits feuillages jaunes au reflet doré.

63 — Plat à piédouche et à reflets changeants,

d'or et de feu, représentant la Naissance de Jésus dans l'étable. Fabrique de Gobbio.

64 — Grande vasque sur piédouche, de forme trilobée à trois anses, ornée de têtes chimériques d'animaux. L'intérieur est occupé par un sujet représentant un cavalier combattant seul sur un pont contre un grand nombre d'adversaires. Dans le fond les murailles fortifiées d'une ville garnie d'assiégés. Ce cavalier est sans doute *Horatius Coclès*. L'extérieur et le pied sont décorés de pampres en relief, formant rinceaux, coloriés au naturel sur fond bleu. Nous croyons cette belle pièce de la Fabrique d'Urbino.

65 — Très grand plat représentant le sujet de l'Enlèvement d'Hélène, d'après Raphaël. Au revers on lit : M. D. XXXI, *quest. e il pastor che mal miro el bel volto d'Helena greca e quel famoso rapto pel qual fu l mondo sotto supra volto fra. Xat. A. D. Rovigo P. Urbino.*

66 — Grande plaque de forme vessicale, représentant une femme vue à mi-corps, en bas-relief; sa coiffure et tout le costume sont d'une grande richesse, de son col pend un médaillon vide attaché à une chaîne et venant poser sur le devant de la poitrine. Cette pièce, par sa coloration, semble appartenir à la fabrique de Faenza; elle est certainement de la même fabrique que le grand monument n. 90.

67 — Plat représentant Marsias vaincu par Apollon. Le revers est décoré de zones jaunes et bleues concentriques. Au milieu on lit : *Apollon Marsio, fatto in la bottega de Maestro Vergilio da Faënza, 1556.* Et plus bas *Nicolo da Fano.*

Ce plat, par ce double document, est du plus haut intérêt.

68 — Grande cruche à ouverture déprimée, formant goulot. Sur un grand médaillon occupant presque toute la panse, et entouré d'une guirlande de feuillages est représenté le sujet de Léda.

69 — Plat représentant un sujet incertain. On voit dans le fond trois blasons ayant au milieu une cigogne et un lion d'une beaucoup plus petite dimension que les figures et qui semblent symboliques. Le revers est entièrement décoré d'imbrication en forme d'écaille rougeâtre sur fond jaune-clair. On y lit : *MDXXXIIII FF ATANASIVS B. M.* Ce plat nous semble de la fabrique de Faënza. Le nom de l'artiste *Atanasius* lui donne un grand intérêt, d'autant que ce nom d'artiste est encore inédit.

70 — Plat représentant Léda avec le cigne. A ses pieds les jumeaux sortant de leur coquille. On lit au revers : *1538, di Leda bella il generoso parto X* (Initiale de Xantho).

71 — Plat représentant le sujet de Mutius Scœvola

Dans le haut se trouve peint un blason d'alliance portant les armes de *Médicis* et de *Pucci*. Au revers on lit : *Mutio ch'la sua destra errante cece.*

72 — Plat représentant une femme portant un vase et se dirigeant vers un temple, sur la frise duquel on lit : *Vest Tem.* Au dessous de la vestale les initiales T. V. V. et au revers, 1538, *Tutia d'acqua parlo col cribro al Tempio. X* (Initiale de Xantho).

73 — Plat représentant Romulus et Remus. Au revers on lit : *Fran. Xant. Avello Rovignese in Urbino, 1531.*

Le nom d'Avello réuni aux autres complète la signature de ce célèbre peintre de majoliques, qui, ainsi que nous l'avons dit au n. 14, n'écrivait jamais que la lettre A initiale d'Avello.

74 — Plat représentant le sujet de Dédale et d'Icare. Dans le bas le fleuve personnifié d'Éridan. Au revers on lit : *Fran. Avello R. pin Dedalo col figliul in acre a volo fabula, etc.*

Ce plat offre le nom entier d'Avello, que nous n'avions vu jusqu'à ce jour que figuré par l'initiale A, qui pouvait être celle de tout autre, dans la signature de Francesco Xantho da Rovigo, de la main duquel ce plat est évidemment, quoique les autres noms de l'artiste manquent ou soient mis en abrégé. S'il y avait doute à cet égard le n. 73 le lèverait, car le nom d'Avello s'y trouve aussi accompagné de tous les autres.

75 — Plat représentant la chute de Phaeton. Au revers on lit : *In Arminensis, 1535* La présence du nom de cette fabrique, ainsi que sur le plat n. 76, donne à ces pièces un très grand intérêt, car ce sont les deux seules qu'on ait eu occasion jusqu'à ce jour de remarquer.

76 — Plat à piédouche, dont la peinture représente Adam et Eve chassés du Paradis terrestre par l'ange. Au revers on lit : *De Adam et Eva, in Rimino.* Ce plat est remarquable ainsi que celui du n. 75, à cause du nom de la fabrique de Rimini, inconnue jusqu'à ce jour. Nous ferons observer qu'en comparant ces deux pièces signées à beaucoup d'autres qui ne portent pas de signature de fabrique, on peut en conclure que cette fabrique signait rarement ses œuvres quoiqu'elle fût très productive.

77 — Plat représentant Polyphème, Galathée et Scilla. On lit au revers : *1532, a Scylla parla Galathea d'amore nel XIII, lib. d'Ovidio M. Fra Xato. A. da Rovigo I Urbino.*

78 — Plaque circulaire, représentant saint Joseph, la Vierge et l'Enfant-Jésus posé par terre. Devant lui est agenouillé un personnage presqu'entièrement revêtu d'une armure,

son casque et son bouclier orné d'un grand mascaron, sont à côté de lui.

Peinture d'une grande vigueur et d'une belle exécution.

79 — Plat à piédouche, représentant Jésus ordonnant à saint Pierre de sortir de la barque et de marcher sur les flots pour venir à lui. Ce plat, bien qu'il ne soit pas signé, est évidemment de Francisco Xantho, et un des beaux ouvrages de ce maître.

80 — Plaque carrée, représentant la Vierge avec l'Enfant-Jésus, assise sur un trône entourée de saintes. Cette composition semble être d'André del Sarte.

81 — Plat dont la peinture du centre représente une jeune femme vue à mi corps et singulièrement vêtue. Le bord est couvert de riches arabesques composés d'entrelacs, de trophées et de mascarons peints sur fond bleu. Le revers est orné de feuillages jaunes et bleus. Fabrique de Faënza.

82 — Plaque carrée, représentant la Vierge assise avec l'Enfant-Jésus et le petit saint Jean. Charmante composition d'après Raphaël.

83 — Un plat représentant le Parnasse. Composition célèbre de Raphël. Au revers on lit : *1537, Il biödo Apollo, e le sacrate Muse. F. X. R.*

84 — Plaque carrée, représentant la Résurrection de Notre-Seigneur. Le Christ sort du tombeau, tenant sa bannière, à ses pieds sont les soldats qui le regardent épouvantés.

Cette pièce est, on peut le dire, tout ce que la peinture sur majolique peut offrir de plus parfait, soit pour le dessin, soit pour la finesse du rendu; bien qu'elle appartienne à une époque assez primitive, comme par exemple 1530, nous la croyons de la fabrique de Faënza. Au revers est un monogramme composé des lettres T et B, probablement celles de l'artiste.

85 — Plat à piédouche de la fabrique de Gabbio, ayant au centre une madone en relief et entourée d'une bordure à relief. La peinture est mélangée d'irisations feu et or.

86 — Plaque circulaire, représentant un guerrier à cheval. Au bas sur un cartel on lit : *Batiston' Castellin' Faventin' iam Strenuus miles ducisq ferrarien antesignan*. Au revers: *Mile cinque cento trentasci a dj tri di luje. Baldosara monara faentin' faciebat*. Cette pièce portant l'indication de la fabrique célèbre de Faënza, le nom jusqu'à ce jour inédit de l'artiste; enfin celui ainsi que les qualités d'un personnage historique se recommande également par sa belle exécution

87 — Grand plat représentant l'Enlèvement d'Hélène, d'après Raphaël. Au revers, dans un cartouche entouré d'ornements, on lit : *V. Rato de Luca-fato in monte*.

Cette pièce est intéressante par l'indication du lieu de la fabrique.

88 — Très grand plat représentant le martyre de
sainte Cécile, en présence d'Almachius,
préfet de Rome. Sur le bouclier d'un des
soldats sont les quatre initiales X. I. M. A.
Pièce importante par sa vaste composition
et sa belle exécution. Fabrique d'Urbino
ou de Pesaro.

89 — Grand plat profond, représentant le triomphe de Trajan. Il porte un blason sur lequel sont les armes de Guid'Ubaldo. Au
revers on lit : G. V. V. D. C. C'est-à-dire
Guidi Ubaldi Urbini Dux-Minus, *F. An-
drea-Volterano, Trajano imperatore.*

Guid'Ubaldo, selon Passari, duc d'Urbino et prince de Pesaro, encouragea la
manufacture des majoliques, c'est lui qui
fit exécuter la fameuse pharmacie qu'on
admire aujourd'hui à Lorette, et fit faire
une crédence (service) pour un religieux
qu'il aimait beaucoup; sur chacune des
pièces il fit peindre ses armes et écrire
derrière la dédicace à ce frère Andrea
Volterano. Le même auteur parle avec
grand éloge d'un plat de la crédence qu'il
a possédé et qu'il considère comme un des
objets les plus précieux de sa collection.

90 — Grand groupe de figures d'un très haut-re-
lief en majolique de la fabrique de Faënza,
représentant la mise au tombeau. Le
Christ couché sur le Sépulcre orné d'a-
rabesques en relief, est entouré des saintes
Femmes, de saint Jean, de Nicodème, de

Joseph d'Arimathie. Les figures détachées se réunissent pour former ce monument d'un ensemble important; les chairs sont teintées et les draperies décorées d'ornements imitant les étoffes du xve siècle, sur deux fragments qui ont évidemment fait partie du fond, on lit la date en chiffres romains de 1487. Cette pièce de sculpture en majolique diffère totalement de celle de La Robbia, en ce qu'elle est entièrement peinte sur couverte à la manière des vaisselles. Au milieu du sarcophage est un écusson sur lequel on voit un chiffre ou monogramme, en caractères gothiques, qui pourrait signifier le nom de la fabrique ou celui de l'artiste.

91 — Bas-relief en majolique de La Robbia; il représente la Cène. Les douze Apôtres et Jésus y sont représentés en pied assis à une table recouverte d'une nappe qui laisse voir par dessous le reste du corps des convives, ainsi que les tréteaux découpés dans le style ogival qui soutiennent la table. Cette pièce est entièrement émaillée de toutes les couleurs de la palette de l'émailleur, et peut être comparée à la fameuse frise de l'hôpital de Pistoja. Nous ferons observer que la composition de ce bas-relief n'a pas été faite comme celle des sujets de madones et d'autres pour être plus ou moins répétée, mais comme disent les Italiens aposto (exprès)

pour un emplacement, un réfectoire au
dessus de la porte duquel il était placé.
Nous ne craignons pas de dire que c'est un
des ouvrages les plus intéressants qu'on
puisse rencontrer en ce genre; de plus,
il est d'une dimension commode et pou-
vant prendre place partout. Longueur
1 mètre 60 cent. de hauteur; il peut se
passer de bordure puisqu'il est encadré
dans une monture profonde, émaillée
jaune et bleu.

92 — Un plat représentant la mort de Procris. Au
revers on lit : *L'inavvertito Cefalo Procri
uccide F. X. R.* (*Francisco Xantho, Rovigo*).

93 — Plat creux à piédouche, représentant le ma-
riage de la Vierge. Sur le devant un des
assistants porte le costume civil de la pre-
mière partie du xvi° siècle. Au revers on
lit : *Il sposalitio di Maria X.* (Xantho).

94 — Plat représentant Laocon et ses fils. Le
style et les irisations de ce plat, bien qu'il
ne soit pas signé, trahissent Francisco
Xantho.

95 — Plat représentant Actéon changé en cerf.

96 — Petit plat à piédouche, représentant sainte
Anne, la Vierge et l'Enfant-Jésus.

97 — Petit plat avec un blason surmonté d'une
croix. Au revers: *1555, F. X.*

98 — Plat à piédouche, représentant le retour des
hébreux à Jérusalem. Au revers on lit :
Lietj torna'gli heberi in Jerusalem.

99 — Une coupe à piédouche, décorée de grotesques, avec un cartel tenu par deux
enfants, sur lequel est écrit *Urbino*.

100 — Plat orné de trophées. Au centre un Amour.

DEUXIÈME VACATION.

Du Mercredi 14 Décembre.

101 — Petit plat représentant une femme embras-
sant un cheval, devant elle un Amour,
dans le ciel Saturne.

102 — Petit plat représentant un Prophète.

103 — Petit plat représentant une figure tenant
une épée, et un autre petit plat représentant Saturne ou le Temps mangeant
un de ses enfants.

104 — Petit plat représentant Moïse montrant les
Tables au peuple. Au revers on lit : *Sente
Moïse lo strepito confuso di quel popul
custial avanti l toro.*

105 — Petit plat représentant une femme la tête
couronnée invoquant la déesse Junon. Au
revers on lit : *Iunone.*

106 — Plat représentant l'Aurore et Céphale. Au
revers on lit : *Cephale et Aurora.*

107 — Petit plat représentant Psyché poursuivant
l'Amour qui s'envole. Au revers on lit :
Segue prische gentil l'armato aciero.

108 — Petit plat représentant Archas sacrifiant aux
dieux.

109 — Petit plat représentant Galathée avec un Amour à côté d'elle et un autre dans le ciel. On lit au revers : *Galatea.*

110 — Plaque carrée représentant le sujet de la Cène.

111 — Plat représentant la mort de Polydore.

112 — Petit plat représentant les trois Maries au tombeau du Christ. Au revers on lit : *Testamente nove.*

113 — Coupe à piédouche élevé, au centre Vénus et l'Amour; le reste du vase en dedans et en dehors est entièrement décoré d'arabesques en grotesques coloriés sur fond blanc. Fabrique d'Urbino.

114 — Petit plat représentant la vision du roi Astiage. Au revers on lit : *Del vecchio Astiage cre l'alta visione.*

115 — Plat à piédouche représentant le sujet de la manne. Au revers : *Quando Mose hebbe la mana.*

116 — Petit plat représentant Adam et Eve chassés du paradis terrestre. Au revers : *Adam et Eva.*

117 — Petit plat représentant Mars, Vénus et l'Amour. Au revers : *Venere e Marte.*

118 — Petit plat représentant la fable de Pasiphaé. Au revers on lit : *Pasipheo.*

119 — Petit plat à piédouche représentant un des nombreux amours de Jupiter avec les nymphes.

120 — Plat avec peinture représentant un sujet mythologique.

121 — Plat représentant une femme surprise par un Satyre, dans le fond des hommes nus au milieu des arbres.

122 — Petit plat à piédouche représentant l'enlèvement d'Hélène, d'après Raphaël. Fabrique de Faënza.

123 — Plat à piédouche représentant Samson tuant les Philistins avec une mâchoire d'âne.

124 — Vase à piédouche élevé, décoré d'ornements jaunes à reflets nacrés sur fond bleu. Fabrique de Pesaro.

125 — Petit plat orné de trophées. On lit dans un cartel : *1534*.

126 — Grande vasque à deux anses formées par des serpents ; elle est décorée en dedans et en dehors par des feuillages et des fleurs sur fond blanc.

127 — Petit plat représentant Apollon charmant les animaux.

128 — Petit plat, dit cuppa amatoria, représentant Hercule et Omphale. Au revers on lit : *Si ridussi a filur Ercol si facte 1547.*

129 — Plat creux représentant Andromède délivrée par Persée. On lit au revers : *Andromeda e Perseto. Urbino 1543.* Cette pièce est d'une grande finesse d'exécution.

130 — Vase décoré en relief de personnages portant le costume du XVᵉ siècle et d'ornements formés par des rinceaux de feuillages.

131 — Plaque circulaire représentant la création d'Adam.

132 — Grand plat style moresque ayant au milieu un blason décoré de rinceaux de couleur jaune au reflet d'or sur fond bleu.

133 — Plat à piédouche représentant la figure de la Justice entourée d'arabesques dans le style de Raphaël.

134 — Plat représeutant l'enlèvement de Proserpine. Au revers on lit : *Il rate de Proserpia.*

135 — Grand plat style moresque à ombilic couvert d'ornements très fins, couleur jaune à reflets d'or.

136 — Plat à piédouche godroné représentant un repos de dieux et de déesses dans une grotte auprès de la mer.

137 — Très grand plat style moresque ayant au milieu un grand ombilic; le bord, très large, est décoré de gaudrons inclinés alternés bleu et or ; le reste du plat est décoré de feuillages et arabesques au reflet d'or.

138 — Plat représentant Calisto enceinte et battue par une de ses compagnes.

139 — Grand plat style moresque couvert d'ornements tantôt émaillés bleu, tantôt jaune au reflet métallique ; au milieu un blason.

140 — Grand bassin style moresque à ombilic décoré d'ornements peints en jaune au re-

flet d'or; la bordure du plat est ornée de
gaudrons en reliefs.

141 — Plat représentant une des métamorphoses
de Jupiter. Au revers : *Gioue conuerso
in pastore.*

142 — Grand plat style moresque divisé en compartiments à rayons décorés de feuillages
très fins, jaune au reflet d'or; au milieu
un blason.

143 — Plat représentant saint Hubert en adoration
devant le cerf divinisé.

144 — Petit plat à piédouche représentant le ma-
riage de Tobie. Au revers : *I. Sposalitio di Tobia.*

145 — Plat représentant Europe caressant le Tau-
reau, entourée de ses compagnes. Au revers on lit : *De Europa 1542.*

146 — Grand bassin décoré d'ornements jaunâtres
à reflets métalliques, représentant tantôt
des arabesques, tantôt des espèces de caractères moresques.

147 — Grand plat à reflets nacrés, représentant
l'incrédulité de saint Thomas ; le bord est
décoré de feuillages jaunes sur fond blanc.
Ancienne fabrique de Pesaro.

148 — Grand plat avec un sujet incertain. Au revers on lit : *In Chafagiotto Fatto a. dj.
24. di Gunio — 1570*, et au-dessous la
lettre *P* paraphée. Ce plat ainsi qu'un
autre de la collection, portant le nom de
la même fabrique bien qu'il semble écrit

différemment, se recommandent par l'indication d'une fabrique presque inconnue.

149 — Très grand plat représentant Actéon changé en cerf. Au revers on lit : *In Chafagizotto*, dessus et dessous un *P* paraphé.

150 — Très grand plat représentant Jésus sortant du tombeau en présence de soldats, les uns endormis, les autres épouvantés ; le bord est décoré de rinceaux en feuillages sur fond tantôt jaune, tantôt bleu. Très ancienne fabrique de Faënza.

151 — Très grand plat sur lequel est représenté le sujet du Jugement de Pâris, au revers. la date de *1625*.

152 — Très grand plat représentant Moïse faisant descendre la manne du ciel.

153 — Petit plat à piédouche représentant Diane surprise au bain par Actéon.

154 — Plat représentant un cavalier sans tête précédé de la Mort à cheval, au revers on lit : *ORILLO*, est-ce le nom de la fabrique, du peintre, ou désigne-t-il le sujet?

155 — Plat dit *coppa amatoria*, la peinture représente Hercule lançant des flèches au Centaure qui fuit avec Déjanire.

156 — Plat festonné représentant le sujet de Mutius Scœvola entouré de figures allégoriques et d'arabesques.

157 — Petit plat représentant Hercule et Iole, entre eux deux l'Amour.

158 — Petit plat représentant la chute de Phaéton et ses sœurs changées en peupliers.

159 — Petit plat réprésentant le départ de Loth et de ses filles.

160 — Plat à piédouche représentant Pompée ambassadeur, au revers on lit : *Popeïo quado fu mandato p. imbasciatore dal populo romano.*

161 — Plat représentant une femme que des soldats écrasent sous le poids de leurs boucliers. Anecdote de l'Histoire romaine.

162 — Statuette d'homme nu ; il est assis, il tient un fruit d'une main et un écusson de l'autre.

163 — Grand bassin, style moresque, décoré d'ornements jaunes au reflet métallique sur fond blanc, au milieu un ombilic.

164 — Plat de style moresque décoré d'ornements jaunes cuivreux à reflet, au milieu un ombilic.

165 — Grand plat représentant Vénus et l'Amour avec entourage d'arabesques colorées sur fond blanc; fabrique d'*Urbino.*

166 — Plat à piédouche, sujet incertain, belles irisations à reflets de feu; au revers, *Maestro Georgio à Gubbio 1519.*

167 — Petit plat décoré d'arabesques très fines sur fond bleu, au milieu un enfant qui se perce d'une épée.

168 — Petit plat décoré d'arabesques en grotesque très fines avec un blason dans le milieu.

169 — Grand plat représentant une scène de famille. Composition d'un grand nombre de figures.

170 — Grand plat représentant le martyre de Sainte Cécile, composition d'après Raphael...

171 — Petit plat à piédouche représentant Ulysse redemandant à Circé ses compagnons ; dans le fond est un blason ; au revers on lit : *1532 Ulysse chiede a Circé i suoi compagni.— nel XIIII li. d. Ovidio. met. Fra Xanto A di Rovigo I Urbino.*

172 — Plat à piédouche représentant Alexandre au tombeau d'Achille ; au revers, on lit ; *Conto Alessadro alla famosa toba del fiero Achille sospirando, disse, o fortunato ch. chiara troba trovasti. ch di le si alto scrisse.*

173 — Plat représentant Anchise voyant brûler une flamme sur la tête d'Ascagne ; au revers on lit : *1552 sovra Ascanio arde una celeste fiamma, nel libro della Eneide V. fra Xanto de Rovigo I Urbino.*

174 — Plaque en Majolique sur fond blanc de la fabrique de Faenza, elle est circulaire et représente le monogramme du Christ écrit en caractère gothique, au milieu et entouré d'une guirlande de feuillages on lit entre le monogramme et la guirlande l'inscription suivante : *Nicolau de Bagnolia ad honorem Dei et sancti Michaelis fecit fieri D. 1475.* Or cette date de 1475 est la plus

curieuse que nous ayons observée sur les majoliques et par conséquent présente le plus grand intérêt.

175 — Une paire de flambeaux de forme élégante entièrement décorés de paysages et de figures, ces deux pièces réunies sont d'une rareté très grande.

176 — Aiguière de forme élégante, dont l'ouverture se termine par un gouleau allongé garnie de deux oreillons formant volutes, l'anse prend naissance d'un mascaron placé au milieu de la panse et est formé d'un faisceau de serpents, la panse est ornée d'une peinture représentant le sujet du sanglier de Calydon ; le piédouche, le col, et le reste du vase sont décorés d'arabesques en grotesques colorées sur fond blanc. Ce vase est accompagné de son bassin, couvert des mêmes arabesques et ayant au centre une peinture représentant la Charité entourée d'enfants ; ces deux pièces forment un ensemble complet dont peu de collections possèdent d'analogues.

177 — Plat représentant le portrait d'une jeune fille avec une banderole sur laquelle est écrit *la bella Faustina,* au revers on lit : *1550 M° C°.*

178 — Grande vasque à piédouche dont la forme est trilobée, elle est munie de trois anses ornées de têtes chimériques, à l'intérieur on voit un cavalier, peut-être Horatius

Coclès, sur un pont combattant seul contre un grand nombre de soldats à pied, dans le fond une ville dont les murailles sont garnies d'assiégés, l'extérieur du vase est entièrement orné de pampres, de vignes en relief colorés sur fond bleu.

179 — Grande vasque sur piédouche élevé flanqué de quatre tourelles et dont le bord garni d'une arête découpée à jour semble être crènelé, la panse est couverte de petits feuillages émaillés en bleu et à tiges capricieuses émaillées en jaune au reflet d'or ; sur les deux faces on voit deux grands écussons de la même couleur, portant deux têtes de licornes émaillées en bleu. Cette pièce de forme et de décoration moresque est un des plus curieux et des plus beaux spécimens de ce genre de fabrication qu'on puisse rencontrer.

180 — Plat à piédouche représentant l'enlèvement de Proserpine ; au revers on lit : *Plotone e Proserpina.*

181 — Très grand plat représentant la conversion de Saint-Paul ; grande et belle composition d'après Raphaël.

182 — Grand plat, style moresque ayant un ombilic et décoré d'ornements jaunes au reflet doré sur fond blanc.

183 — Grand plat représentant un combat entre un chevalier et d'autres guerriers à pied dans le haut on voit l'arme des Médicis le revers est chargé d'ornements, au mi-

lieu un cartel où se trouve une inscription illisible, si ce n'est l'année *1536*. Fabrique de Faënza.

184 — Grand plat style moresque, décoré de feuillages émaillés en bleu et d'autres enroulements jaunes à reflet sur fond blanc, au milieu un blason.

185 — Très grand plat représentant le Parnasse de Raphael.

186 — Grand plat représentant un général couronné empereur par ses soldats.

187 — Plat à piédouche représentant la mise au tombeau; au revers : *F. X. 1536*. Pièce à belles irisations.

188 — Plat moyen décoré d'arabesques ayant au centre la figure du petit Saint Jean.

189 — Plat à piédouche représentant les quatre mois d'hiver avec leurs noms inscrits; très bel émail.

190 — Très grand plat représentant le sujet du Jugement de Pâris; dans le haut on voit Phœbus et son char traversant les signes du Zodiaque, puis une partie de l'Olympe.

191 — Grande coupe à reflets, à piédouche élevé et à bords droits décoré à l'intérieur et à l'extérieur de roses et autres ornements jaunâtres sur fond bleu, dans le fond est un petit buste de femme entouré d'un cercle rayonnant. De l'ancienne fabrique de Pesaro.

192 — Grande vasque à deux anses, dont la peinture représente intérieurement le Juge-

ment de Pàris avec deux blasons, le reste
du vase est orné tant à l'intérieur qu'à
l'extérieur d'arabesques en grotesques,
colorés sur fond blanc. Fabrique d'Urbino.

193 — Vase de forme ovoïde, à piédouche, ayant
une ouverture circulaire assez large au-
dessous du col, la panse est ornée de
quatre ouvertures formées par des mascarons à gueules béantes. Le reste du vase
est décoré d'arabesques en grotesques,
colorées sur fond blanc.

194 — Grand et beau vase à deux anses de la fabrique ancienne de Pesaro ; il est orné de
bustes d'empereur et de rinceaux peints
en jaune sur fond blanc, et produisant au
reflet des irisations nacrées, ce vase remarquable par la beauté de son émail est
de plus muni de son couvercle, circonstance fort rare, car c'est le premier de
cette fabrication et de cette forme que
nous rencontrons aussi complet.

195 — Vase à panse large et à une seule anse et à
ouverture à trèfle faisant goulenu, sur le
devant se trouve peint le sujet du bap-
tême de Saint-Jean ; fabrique incertaine.

196 — Vase surmonté d'une anse et ayant un goulot formé par une tête d'animal. Sur la
panse est le sujet d'Actéon et un autre
sujet inconnu. Ouvrage d'une fabrique
incertaine, mais cependant d'une belle
exécution.

197 — Grand plat irisé, au centre un portrait de guerrier entouré d'arabesques jaunes sur fond bleu, sur une banderole on lit : *Scipione Africo*.

198 — Grand plat à ombilic il est entièrement couvert de petites arabesques en grotesques coloriées sur fond blanc. Fabrique d'Urbino.

199 — Plat représentant Camille renvoyant aux Falisques leurs enfants qu'un maître d'école lui avait livrés. Ce plat est mélangé de couleurs rouge, or et feu, au revers on lit : *Rende Camillo de falishi i figli—1539*. Fabrique d'Urbino et probablement de Francesco Xantho.

200 — Petit plat encadré dans une bordure, représentant une figure de jeune garçon ailé, et une autre de femme jouant du chalumeau et se terminant par un corps de Dauphin ; dans le haut un Amour qui voltige et un blason.

201 — Pendant du précédent représentant Apollon et Daphné ; au revers on lit : *1532 C. X. A. R. Urbino.*

202 — Plat moyen, orné d'arabesques en grotesques coloriés, sur fond blanc ; au milieu un cartel sur lequel on lit: *Tarta B.* Fabrique d'Urbino.

203 — Plat moyen, dont le fond bleu est orné de rinceaux entourés d'une guirlande de

fruits; derrière on voit un monogramme
formé par les lettres *V. T. R.* réunis ensemble.

204 — Plaque circulaire représentant la Vierge
aux sept douleurs; elle est debout; au
revers on lit : *Otavi, 1640.*

205 — Plaque carrée, représentant l'Adoration des
bergers dans l'étable.

206 — Grand plat représentant deux guerriers romains couronnés par des soldats; au revers on lit : *Quinto Tiberio et Sestio Digi-
zio fueron coronati ambi doi p. esere stati
i primi a entrare in Cartaggine. — Nova di
Spagna presa da Scipione. — Da Tito
Livio A. lib. VII dela terza deca, a ca-
pituli LI, 1546.*

207 — Grand plat représentant au centre Andromède attachée à un rocher; autour sont
petits des grotesques au milieu desquels
sont des petits enfants. Fabrique d'Urbino.

208 — Grand plat style moresque, couvert d'ornements jaunes cuivreux au reflet métallique; au centre un blason aux armes de
Léon et de Castille.

209 — Plat à piédouche représentant Circé changeant en bêtes les compagnons d'Ulysse.

210 — Plat représentant la Justice assise; devant
elle un paysan; au revers on lit : *Iustizia.*
Il est dans une bordure.

211 — Plat à piédouche représentant Mutius Scœvola. Très bel émail.

212 — Grand plat représentant Apollon perçant de ses
flèches les fils de Niobé ; au revers on lit :
Febbo sactto li ffilliole di Niobe, 1548.

213 — Plat encadré représentant saint Alessius faisant l'aumône aux pauvres. Fabrique de
Castelli, royaume de Naples.

214 — Grand plat à reflets métalliques, représentant au centre un buste de femme entouré
de rinceaux. Ancienne fabrique de Pesaro.

215 — Plat représentant la Décollation de saint
Jean ; au revers : *Degholacione di santo
Giovane Batista.*

216 — Plat à piédouche représen... Hélène em-
brassée par Priam ; ... evers on lit :
Quando Proserpina (au ... n d'Helena) *fu
presentata nal re Tro... .*

217 — Plaque carrée sur le... ... on lit 5 disty-
ques latins, avec la date *1542 a di 24
de mage.*

218 — Grand plat blanc sur lequel se trouve une
longue inscription latine dans un grand
cartel, commençant ainsi : *Francescus de
Noailles, Aquitanus-Gallus aquenus Epis-
cop.-Christianissimi,* etc..., se terminant
par un blason surmonté d'une mître, sur
laquelle est le monogramme du nom du
prélat.

Cette pièce, outre cet intérêt historique, est d'un émail blanc qui égale
celui de la plus belle porcelaine.

219 — Plat représentant un sujet incertain : un vieillard et une femme parlant à une autre femme.

220 — Plat à piédouche représentant le Jugement de Pâris ; au revers : *Il Giudizio de Parisse.*

TROISIÈME VACATION.

Du Jeudi 15 Décembre.

221 — Petite coupe à pied élevé, représentant une femme en couche assistée de deux autres ; l'extérieur est orné d'arabesques en grotesques sur fond blanc.

222 — Plat festonné et cannelé, représentant le sujet des Trois Grâces.

223 — Plat moyen à piédouche, représentant le Massacre des Innocents.

224 — Petit plat dit amatoria, représentant le sujet de Daphné.

225 — Plat moyen, représentant le Dévouement de Curtius ; au revers on lit : *Curtio romano quando se buto in quella voragine.*

226 — Plat à piédouche, représentant un cavalier au milieu de soldats frappant de sa lance une femme étendue par terre ; au revers on lit : *Italia mastra soto sopra volta.*

227 — Grand plat à reflets nacrés, représentant une femme nue vue à mi-corps, entourée d'une bordure à écailles de poisson. Fabrique ancienne de Pesaro.

228 — Plat à piédouche, représentant Latone et
ses fils.

229 — Plat creux, représentant un sujet incertain.

230 — Petit plat, représentant Daphné changée
en laurier.

231 — Plat représentant Archimède surpris par
des soldats après la prise de Syracuse.

232 — Plat à piédouche, représentant la Prédica-
tion de saint Jean dans le désert. Dans le
lointain on aperçoit la figure du Ré-
dempteur. On lit au revers : *Quand Gio-
vani predicava nel deserto.*

233 — Petit plat, représentant la fable de Pasiphaé; au revers : *Pasiphe.*

234 — Très petit plat à piédouche, dont le fond
est entièrement quadrillé en pointes de
diamant en relief; au revers se trouve la
date de *1545*.

235 — Plaque circulaire, représentant Adam et
Ève chassés du paradis terrestre.

236 — Plaque circulaire, représentant la Désobéis-
sance d'Adam et Ève; au revers : *1537*.

237 — Plat godroné, ayant au centre une femme
nue tenant un cœur percé d'une flèche.
Le reste du plat est couvert d'ornements
très fins peints en jaune sur fond cha-
mois.

238 — Plat à piédouche, représentant les Frères
de Joseph; au revers on lit : *Li fratelli
di Hioseffo,* et sur le bord une armoirie
émaillée en couleur.

239 — Plat à piédouche, représentant des nymphes qui commencent à se changer en arbre; au revers on lit : *Delle bacchante.*

240 — Plat représentant Paris blessant Achille dans le temple.

241 — Plat à piédouche, représentant une sibylle en pied et assise, peinte sur un fond bleu; on lit sur le fond : *Sybilla.*

242 — Plat à piédouche, dont la peinture représente une figure d'homme au centre. Le reste du plat est couvert d'arabesques sur fond bleu et jaune. Fabrique de Faenza.

243 — Plat à piédouche, divisé en compartiments de diverses couleurs décorés d'arabesques; au centre une femme à mi-corps.

244 — Plat à piédouche, représentant Loth et ses filles; au revers : *Lot et le fillue.*

245 — Plat, avec peinture sur fond bleu, représentant Diane surprise au bain par Actéon. Fabrique de Faenza.

246 — Bassin creux, décoré à l'intérieur de branches de chêne peintes en jaune sur fond bleu; au centre sont deux petits amours, dont l'un poursuit l'autre de ses flèches. Ce genre de décoration s'appelle *cerquate*, et se rencontre assez rarement.

247 — Plaque carrée et encadrée, représentant la Nativité.

248 — Plat à ornements en grotesques, sur fond bleu; au centre un enfant; on y lit : *Ano 1523.* Fabrique de Faenza.

249 — Plat représentant Actéon changé en cerf; dans le fond une armoirie.

250 — Plat à piédouche, représentant Calisto enceinte frappée par une de ses compagnes; au revers: *D. Calistone.*

251 — Plat représentant le sujet de la mort d'Abel.

252 — Très grand plat représentant la manne dans le désert. Au revers on lit : *Piove idio manna sopra il popol suo.*

253 — Plat représentant les amours de Jupiter et de Léda. Au revers : *Giove converso in cigno.*

254 — Plat à piédouche représentant le combat d'Hector et d'Achille, avec l'indication de leur nom : *Achille assale Hettor nel fiume. Xanto — Urbino — B.*

255 — Petit plat à piédouche représentant le Parnasse de Raphaël, sur fond bleu. Fabrique de Faënza.

256 — Plat à piédouche, avec peinture sur fond bleu, représentant un sujet de la vie de César. Au revers on lit : *1524 die 8 junius questa sie la vittoria d'Zesaro imperatore romano.* Fabrique de Faënza.

257 — Plat à piédouche représentant Moïse frappant le rocher.

258 — Plat à piédouche représentant Cadmus et ses compagnons tuant le serpent; dans le fond un blason. Au revers on lit : *Come Cadamo ocise il serpente.*

259 — Plat à piédouche représentant Mutius Scevola. Au revers : *Mutio che casua mano errante chocie.*

260 — Plat représentant Judith et Oloferne. Au revers on lit : *JVDITA. ELVFERNES.*

261 — Plat représentant le sujet du bœuf de Falaride. Au revers on lit : *De Perillo.*

262 — Plat représentant le martyre de sainte Cécile.

263 — Plat petit représentant une des sept plaies d'Égypte. Derrière : *Grandize e fuoco sopra gli Egitti.*

264 — Une tasse sur plateau creux, représentant des Amours et un paysage rehaussés d'or. Fabrique de Castelli.

265 — Deux tasses et soucoupes, avec Amours et sujets pastoraux. Même fabrique.

266 — Deux assiettes plates, paysages et sujets pastoraux. Même fabrique.

267 — Petit vase forme pot au lait, fabrique de Castelli, avec des paysages.

268 — Deux petits plateaux à pieds élevés, Amours et paysages. Même fabrique.

269 — Six tasses à anses basses avec leurs soucoupes, sujets pastoraux. Même fabrique.

270 — Huit petits plats, fabrique de Castelli. Paysages et sujets.
Ce lot sera divisé.

271 — Six tasses, toutes avec leurs soucoupes, sujets pastoraux. Même fabrique.

272 — Cinq petites assiettes, sujets pastoraux. Même fabrique.

273 — Deux grandes assiettes de Castelli, sujet au milieu avec arabesques autour.

274 — Cent plats divers environ seront vendus par lots dans la dernière vacation.

MAULDE et RENOU, imprimeurs de la Compagnie des Commissaires Priseurs, rue de Rivoli, 144.   1851